사과는 동물원에 떨어진다

예술가시선 34

사과는 동물원에 떨어진다

초판 1쇄 발행   2023년 11월 20일

지은이   이희교

펴낸이   한영예
편집   박광진
펴낸곳   예술가
출판등록   제2014-000085호
주소   서울 송파구 문정로13길 15-17, 201호
전화   010-3268-3327
팩스   033-345-9936
전자우편   kuenstler1@naver.com
인쇄   아람문화

ISBN   979-11-87081-30-2 03810

예술가 시선
34

사과는 동물원에 떨어진다

이희교 시집

예술가

시인의 말

사과가 떨어지는 계절입니다

동물원으로 가서 사과를 줍고, 사과를 씻고, 기린을 씻고

지난 단어들을 씻었습니다

다음엔 무엇을 씻어야 할까요

아내에게 물어야겠습니다

목차

3부 저녁은그늘로검게 칠하고

해설

1부

애인은 토마토라는 별로 가고

토마토

토마토는 심장을 닮았지
어느 별에서 왔기에

온몸이
심장인지

뜨거움을 느껴
길게 걸어간

하얀 모래처럼

토마토는 여우의 꼬리를 달았지
토마토를 보면 설레지
옛 애인이 토마토를 닮았거든
수혈받고 싶어
토마토
애인은 사막으로 갔다

토마토라는 별로 갔다

자세히 보면
모래처럼

하얀 접시 위에
토마토

해부학

그림자가 바쁘게 걷는다

가로등이 눕는다

그림자가 가로등보다 길게 눕는다

전철을 타고 가는 그림자가 손잡이를 쥔다

빌딩 속에서 또 다른 그림자가 그림자들을 밀고 간다

어둠이 공간을 삭제한다

그림자를 들여다보면

어둠이 어두운 그림을 그리고 있다

메스를 대면

그림자는 점점 멀어진다

해부하면 장미가 슬픈 표정을 짓고 있다 그 속은

거미줄로 연결된 통로다

실 같은 빛이 꼬리를 물고 있다

햇살에 토막 났던 그림자가 다시 형체를 드러낸다

공간이 맥없이 사라진다

심장을 도려내도 그림자는 살아난다

컴컴한 내부에 캄캄한 기억을 간직하고 있다

밟으면 기억이 되살아난다

발바닥 밑에 더 긴 그림자를 숨기고 있다

걸으며 모종처럼 심는다

공간 심리학

우산을 폈다 공간이 생겼다 기억이 생겼다 비 오는 날 캠퍼스에서 우산을 쓰고 같이 걸었던 여학생은 지금 어디 있을까 향기가 남아 있는데 향기는 공간에 머물고 우산을 접었다 공간이 사라지며 향기도 날아간다, 다시

우산을 폈다 공간이 생겼다 취미가 생겼다 낯선 리듬과 성립 나는 공간의 편집자다 공간을 접고 공간을 풀어서 만든다 공원의 나무 밑을 걷는다 걷기는 공간의 재발견이다 삶이 지루하면 공간도 지루하다 반대도 성립한다 공간이 지루하면 삶이 지루하다 계속 우산을

편다, 버스 뒷좌석이 생긴다 풍경이 지나간다 의자는 나만의 공간이 된다 공간이 들려 주는 소리 공간의 향기 공간의 감촉 섬세한 신호들이 느껴진다 우산을 펴고

잔디밭에 돗자리를 깔면 공간은 권력이다 이제 나는 공간을 소유한다 누구든, 어디든, 가려면 내 공간을 통과해야 한다 내 공간을 우회해야 한다 공간은 위압감이다 공간이 바뀌면 권력이 바뀐다 공간을 바꾸기 위해, 우산을 폈다

비의 심리학

아침부터 비가 내린 일은
아내와 관계가 없다

아침 설거지를 하는 아내에게
백허그를 시도했다가 혼난 사연은
오늘의 예보와 관계있다

가까운 사람과 더 가까워지기 위해
잠결에 중얼거리는 섬뜩함은
잠버릇과 관계가 있을 것이다
출근할 때만은 참아 달라는 말과
요란한 설거지 물소리는

종일 쏟아지는 비에 영향을 줄까
종일 쏟아지는 비는 종일 쏟아진다

이 모든 일은 서로 무관하다

생각하는 일과 비가 그친 일은

오늘의 예보와 가깝다

밤은 무엇으로 빛나나

하늘은 낯가림이 심해 구름을 입을 줄 몰라 구름이 벗어 준 장마에 사람의 마을들은 몸살을 앓고 있지 비가 몸을 찔러대니 안 아플 수가 없지 언제부터 땅이 흙빛이었는지 언제부터 하늘에 파란 물이 많았는지 알겠다 고층아파트는 총질을 하려고 서 있지 저녁에는 아군과 적군이 구별되지 않지 서로에게 총질을 하지 밤은 무수한 상처들로 빛나지 온 우주가 상처로 가득하다는 말이지 비가 개면 사람들이 밤하늘을 올려다보며 별을 세고 시를 쓰고 운명을 점치지만 멀고 먼 우주의 상처를 올려다보고 있는 거지 별자리처럼 상처는 멀어지다 가까워지고 가까워지다 멀어지는 행성 지구에서 나도 하나의 상처에 불과하지 우주의 번복에서 벗어나지 못하지 우주가 우리를 내려다보는 것처럼 우리도 반복적으로 우주를 올려다보며 사는 것을 알겠다

시와 물고기 1

시를 쓰는 것이 스트레스라는 것을 알았어요 말놀이에
집중하다 보니 눈치가 보여요 요즈음 어떤 시집 읽으
시나요 누가 물으면 앞이 캄캄해요 시를 잘 쓰려고 기
교만 부렸지 시를 읽지는 않았어요 무엇을 성찰할까
요? 속에 있는 것을 꺼내는 행위는 깊은 강에 던진 그
물 같을까요? 좋은 물고기를 잡고 싶은데 빈 그물만 올
라와요 주변에서 시인이라고 불러 주는 것이 거북해요
너무 많은 시어들을 원해요 묘사하고 싶어요 이미지를
은행에 저금하고 싶군요 빨간 시어가 쌓이면 빨간색의
상상어들 떠오르겠지요 장미, 입술, 빨간 양말을 신은
시인이어도 되나요? 자고 나면 물고기는 달아나고 건
질 시어가 없어요 시어를 잡지 못해 텅 빈 것이 아니라
잡어들이 꽉 차서 들어올 것이 없대요 잡어는 매운탕
을 끓이면 맛있기라도 하지요 잡어라도 잡으려면 강으
로 가야지요 어느 버스를 타고 가야 만날 수 있을지 모
르겠어요 시어가 가득한 강을

국수

하늘 한쪽이 흐려질 때
누군가 유리에 입김을 불고 있다는 생각이 듭니다
티슈가 필요할 것 같다는 생각이 듭니다

하얀 티슈 하나를 뽑아낼 수 있다면
티슈로 구름을 만들고
국수를 만들 수 있을 텐데요
가락국수로 찢을 텐데요

인간들이 사는 마을마다

저녁의 국수들,

때문에 아이들이 가늘어집니다

아이들은 태어나면 나무젓가락 떼어내는 법을 먼저 배
웁니다

젓가락으로 국수를 휘저으면

흐린 날이 됩니다

국수를 먹은 입가를 닦기 위해 사람들은 티슈를 뽑습
니다
코를 풀고 얼굴을 닦고 티슈를 버립니다
티슈와 함께 얼굴을 버립니다

짐승들이 쓰레기를 뒤집니다
티슈에서 축축한 얼굴이 나오고
후루룩 국수를 먹던 사람의 얼굴이 나오고

구름이 흐르거나 하늘 한쪽이 먼저 맑아질 때
깨끗한 티슈 하나 꺼내서

유리창 닦는 사람 있었을 거라는 생각이 듭니다

몰입

생각은 지금 하는 것이다 몰입하면 물에 잠긴다 헤엄
쳐 나올 수 없다 나도 모르게 나 이외의 모든 것에 빠
져든다 모든 사랑이 그렇지 영원할 수 없다는 것을 알
지만 나는 말했다 사랑은 지금 하는 것이다 한 여자와
의 사랑에 몰입했다 몰입이 몰락으로 바뀌어 이별의
비중은 커지고 몸은 야위어 갔다 생각도 많이 했지만
생각을 감당할 수 없었다 생각을 끊어야 하는데 지나
간 생각이 아까워 기다렸다 창문도 없고 시계도 없고
거울도 없는 방에서 혼자 몰입하고 있다 혈압이 올라
토끼처럼 눈이 충혈된다 토끼들은 오르막길에서도 잘
올라가는데 나는 몰입에만 몰입한다 내 두 다리가 앞
다리인지 뒷다리인지 모르면서 나는 토끼의 뒷다리에
몰입한다

어린 왕자에게

우주에는 여러 가지 소리가 있다 우주가 팽창할 때 소리도 팽창했을까 팽창하면서 소리들이 우리 몸으로 들어왔을까 어린 왕자는 B612호라는 소혹성을 타고 모래 빛 많은 사막에 왔다 고장 난 자전거를 고치고 있는 나를 불러 양을 찾아 달라고 했다 별 볼 일 없는 낮에는 양이 없었다 밤하늘을 본다 끊임없이 별을 생성하고 있다 내 몸에도 별이 있다 밤만 되면 눈동자가 커진다 깜빡이는 소리들로 지구는 시끄럽다 깜빡이는 별은 양을 찾는 것이다 조용한 양을 찾는 것이다 어린 왕자처럼 하나에서 시작하여 아흔아홉까지 세는 마음 팽창하며 시끄러운 소리 때문에 지구가 돌게 됐을까 오른쪽으로 도는 지구 때문에 오른쪽 어깨가 기울었을까 오른쪽 귀가 오른쪽 어깨에 붙었다 지구가 멈추지 않는다면 소리도 한쪽으로 계속 멀어질까

탁자와 의자

오래된 탁자가 걸어오고 있지

내게 말을 걸었지

나는 사막을 걸었지

사막에는

사막을 끝없이 걸어가는 낙타들이 있고

낙타들이 버려두고 간 딱딱한 발자국이 있고

낙타의 발자국은 딱딱한 별사탕

딱딱한 망치

망치로 별사탕을 부쉈지

스르르

별이 쏟아졌지

이별이 쏟아졌지

낙타의 누린내 같은 사막으로

해는 기울고

낙타의 발가락 사이에서

모래 바람 같은 저녁이 떠오르고

저녁이 걸어가고 있었지

낙타처럼 사라지며

스르르

오래된 의자가 걸어오고 있었지

눈길

눈이 내렸고요
나는 눈을 잃어버렸고요
그러니까 내 눈에서

미끌,

어둠 속으로 금테안경이 사라졌는데요
그것도 모르고 밤새 눈길은 나를 끌고 다녔지요
달아나 버린 것을 안 순간
발이

발끈,

했죠 안경이 흘러내렸죠
얼마나 달래며 길들였는데
길에 크고 작은 사고들이 있군요
눈밭으로 미끄러진 자전거 바퀴의 흔적
굴러가는 것은 모두 안경으로 보였지요

자전거를 얼굴에 쓰고 싶었지요
눈 하나 잃어버린 듯
허탈한 마음인데요
추스르며
내가 서 있는 곳
어딘가 밤의 눈길 위에서
내 눈이 질주하고 있을까요
자전거 바퀴처럼

미끌,

포장

양의 털을 벗기면 양이 남아요 포장을 벗기는 일이
지요

양은 가벼워집니다

데미 무어는 패트릭 스웨이지에게 안겨 도자기를 만듭
니다 영화를 보며 관객은 울고요 도자기는 양처럼 무
거워집니다 그것도 하나의 포장일 텐데

털을 벗겨도

양은 왜 울지 않나요

양이 순한 것은 성격 때문이 아니라지요 시력이 나쁜
것은 모두 순해진다지요 제 앞에 있는 슬픔을 보지
못해서

양은 울지 않아요 발 앞에 하얀 털을 벗어 놓고 누워 있어요 생각보다 가벼워져요

물레 위에서 커지는 도자기처럼

양이 다시 무거워지는 날 햇살은 따사롭고 털을 벗기면

들판 가득 양만 남아요 포장을 벗기는 일이지요

상대성이론

상대성이론에 대해 정확히 아는 사람은
5명뿐이라고 하네요
아인슈타인, 슈바이처, 슈베르트, 슈만,
그리고 슛 골인
골인은 축구에만 있는 게 아니라네요
농구 핸드볼 아이스하키
당신을 이해한다고
그 모든 스포츠를
이해할 수는 없는 거고요

모든 것에 숫자가 들어가나요?
평범한 6, 7은 아니죠
신발이 돌아다니고 싶어요?
뉴욕 맨하탄
지구는 돌고
세상은 계속 돌아가죠

살다 보면 지고 이기고
모든 것에 확률이 들어가죠
평범한 6, 7은 아니죠
뉴욕의 심장부에서
슈팅하는
슈만이나 슈베르트를 이해한다고
당신을 이해할 수는 없어요

지구는 돌고요

새와 빵

라오스 여행을 갔다

멀리 보이는 구릉진 산과 산을 닮은 강물이 넘실거리
는 카페에서 조촐하게 아침을 먹었다

햇살이 눈부신 강가를 배회하다 발밑에서 무언가 꿈틀
거려 내려다보니
새가 누워 있었다
간절해 보여 얼른 주워 주머니에 넣었다

카페로 가는데 냄새가 솔솔 나서 뒤돌아보니 누런 빵
이 보였다 간절해 보여

얼른 주머니에 넣었다
빵빵한 주머니 속에서 새가 빵을 쪼아 먹고
나도 그 안에서 보고 있었다

호텔 방 한 구석 작은 입만 벌리고 있는 도자기들
그 옆에 빵을 놓고
빵 위에 새를 올려놓고
한참 지났는데

새와 빵과 내가 도자기 안에 있었다
간절해 보여 도자기를 여행 가방에 넣었다

돌아오는 비행기에서 투쟁하는 몽족의 탁발 코끼리가
생각났다

비누의 효능

아침에 일어나 손을 본다
길이 파여 있다
어제 누군가 걸어갔을까
손금은 밝은 쪽을 가르기도 하고
어두운 쪽을 가르기도 한다
두 손바닥으로 비누를 문지른다
길을 지우려는 듯
밝은 쪽이나
어두운 쪽을 지우려는 듯
습관처럼 문지른다
무엇을 잘못했는지도 모르면서
싸악,
싹
비누가 용서해 준다
용서할수록 비누는 작아지고
손은 향기로워진다

무엇을 원하는지 모르면서

습관처럼 빈다

비누가 완전히 사라질 때까지

화분

베란다에 화분이 없다면

슬픔

집은 황야와 같겠지
꽃을 심지만
흙만 자랄 거야

동백꽃이나 장미꽃에 다가가지 못하는 것은 슬픔

신호체계를 바꿔야 할 때가 되었는데 머뭇거리고 있어
이제는 빨간 신호에도 출발하여
입맞춤도 하고
파란 하늘이나 파란 바다에는 정지를 해
멀리 느껴지게 해

녹색 신호를 보고도 달아나지 못한다면 슬픔
시들어 떨어지는 꽃을 주워서 화분에 담을 거야

녹색 등을 보고 쫓아가는 자동차들
한 번쯤 거꾸로 불사를 거야

모르는 꽃을 키우는 화분이라면

꽃을 거꾸로 심는다면
빗물은 어디에 고일까?

화분을 거꾸로 둔다면

코코가 생각나는 오후

코코가 생각나는 오후입니다

비는 오는데 모종 손님이 간혹 귀찮을 때 있습니다

비 오는 날 주민 센터에 갔습니다 번호표를 받고 대기

하는데

옆에 선 아줌마가 투덜투덜 얼굴을 구깁니다

비에 젖은 종이처럼 구겨집니다

내 순서가 와서 인감을 신청합니다

엄지가 지문인식을 못 합니다 몇 번 해 봐도 마찬가

지네요

얼굴이 없어진 느낌입니다

영화 속 미구엘 할아버지 얼굴 없는 사진이 생각납니다

인식하는 기계가 고장이 났나, 별짓을 다 해도, 물티슈

로 닦아도 안 됩니다

다른 손 엄지를 기계에 댑니다 얼굴이 나타납니다

비가 와서 기계가 오작동을 했을까요

손이 젖었나요

밖으로 나오니 비가 그쳤습니다 종일 비가 온다는 예

보였는데

오늘의 날씨는 오작동일까요

오작동으로 하늘이 맑으니 제대로 작동한 걸까요

돌아가면 모종을 팔아야 되는데

비가 와서 비가 생각나는 오후입니다

시와 물고기 2

의자를 뒤로 젖히면 천장이 보여야 하는데 하늘이 보인다 버스인데 어떻게 밤하늘이 보일까 하늘이 아닐 수도 있다 물이 흘러간다 바다일 수도 있다 익사할 것 같다 어두운 구름일 수도 있다 버스 안에서 사람들이 시낭송을 한다 시낭송 하는 사람들 입에서 물고기가 나온다 시를 읽는데 왜 물고기가 나올까 천장에서 물고기가 쏟아진다 내 몸에서도 물고기가 나온다 천장에서는 천둥이 울고 있다 그러면 다시 밤하늘일 수도 있다 사람들이 시낭송을 하며 마이크를 이리저리 건넨다 마이크가 낚싯줄에 걸린 물고기로 보인다 물고기가 먹고 싶다 한때는 바다를 보며 운 적이 있다 한때는 시를 낭송하며 운 적이 있다 버스는 물로 가득하다 내 얼굴에도 물이 흐른다 신발이 흥건하다 물이 이렇게 많은데 목이 마르다 목이 말라서 입을 벌리면 물고기가 나오고 천둥이 나오고 읽다만 시가 나오고 눈을 뜨면 사람들이 찐 감자를 나눠 먹고 있다 버스는 문학관으로 달린다 버스는 바닷속으로 들어가고 있다

토마토를 토했다

구름을 토해서 날이 흐리다 잘했다 토하지 못하면 열
이 난다
나무도 잎을 토하고 겨울이 된다
어둠이 아침을 토한다 2층 사람들이 창문을 열고 벌레
같은 꿈을 토한다 아래층에서는 벌레를 보고 울었다
어제 직장에서 술상무로 진급해 과음한 덕에 먹은 것
을 다 토했다 울었다
집에 와서도 토한다 이불 속에 토한 것을 이불로 끌어
안고 잔다
야구장에서 소리를 지르며 야구공을 토한다 노래를 토
하고 싶어 노래방에 간다 꽃을 선물하다 꽃 알레르기
에도 토하고
향기가 독해 토한다 기차를 타고 해운대에 가서 바다
를 토한다
다음날 토하고 마시고 토하고 울었다
한 사람이 토하면 두 사람이 토하고 두 사람이 토하면
네 사람이 토한다
토하는 것은 노래 부르는 것이다

토하는 것은 모두 총질이다

토할 것이 없을 때 그때 토마토를 먹는다

잠이 쏟아진다

잘했다

토마토를 토한다

새벽엔 생강 냄새를 맡았다

2부

사과는 동물원에 떨어지는 꿈을 꾸고

사과의 감정

과수원을 걸으면 가지가 어깨에 닿는다 어깨와 어깨가
부딪쳐서 얼굴이 붉어졌을까 사과와 사과가 부딪치면
무슨 빛이 될까 그 빛을 따라가면 과수원에 도착한다
과수원에서 사과들이 부딪치고 있다 어떤 중력이 사과
를 끌어당길까 상자 안의 사과는 누구에게 길들여졌을
까 사과일까 과수원의 주인일까 홍조 띤 얼굴은 누구
를 향한 당신의 질투일까 모두의 사과일까 왜 칼을 보
면 사과를 깎으려고 할까 토마토와 사과는 얼마나 가
까운지 장미와 사과가 만나면 붉은 저녁이 생겼다 사
과 옆에 종이컵은 왜 하얗게 보입니까 누가 죽도록 미
워서 사과는 사과나무에서 떨어집니까 몹시도 그리워
서 사과는 또 떨어집니까 한 때는 사과도 매달리는 힘
으로 살았겠지만 지금은 낙하하는 힘으로 사는 계절
붉은 사과는 붉은 사슴처럼 외출을 하고 싶을까 사과
는 동물원에 떨어지는 꿈을 꾸고 낙하산을 펴는 꿈을
꾸고 이것이 파란 하늘일까 감정일까

바람개비

아침만 있다면 어떨까 당신은 좋다고 말할지 몰라도
정말 저녁이 오지 않는다면 아무리 기다려도 저녁이
안 온다면 당신은 습관처럼 커피를 마시려고 할까 멜
로디에 맞춰 몸이 흔들리듯 시간에 맞춰 일어나는 일
이 있다 갑자기 방문객이 나타나 알 수 없는 말을 하고
사라진다 그 여운이 계속 남아 있다 낮에 들었던 소음
이 밤만 되면 스피커처럼 커진다 바람개비다 찬송가를
들으면 엄마 생각에 넋을 놓는 사람이 있고 밖에서 울
리는 경적 소리에 깜짝 놀라는 얼굴이 있다 바람개비
다 수제비를 먹는 날 여지없이 방문객이 온다 형태는
없는데 바람소리 같기도 한데 안으로 안으로 파고든다
찢어지는 소리가 가까이 들리면 바람개비가 날고 있음
을 느낀다 종이도 없는데 귀를 접을까 이사를 가도 바
람개비가 따라올까 하루에 저녁만 있다면

콜라

아픈 곳에서 사인이 옵니다
반복적으로 기별이 옵니다
외출하려면 뼈 밑에서 통증이 올라옵니다

콜라처럼 톡 쏩니다

몸이 파업을 합니다 타협하고 싶은데
봄도 파업을 합니다 타협하고 싶은데

타협할 수가 없습니다

봄이 다 가고 또 봄이 간 후에야
기별이 옵니다

콜라처럼 톡, 톡

아지랑이가 솟아오릅니다

먹고 갈래 지고 갈래

중년만 출입하는 라이브 카페인데 왜 정장을 한 노년들로 가득한지 조명이 돌면 양복은 중세의 연미복처럼 보인다 술잔이 출렁이고 음악이 출렁이고 어깨가 출렁이고 색소폰 소리가 출렁인다 물결이다 어떤 물결에 떠밀려 온 사람들 시간의 물결에 떠밀려 온 사람들 종로3가의 물결에 떠밀려 들어온 사람들이 맥주를 마시면서 카페 안을 훑어본다 여자가 남자의 손에 이끌려 춤을 춘다 술잔처럼 두 사람의 몸이 부딪히고 있다 아름다운 술잔들 구석에서 한 남자가 칵테일을 마시고 있다 엊그제 아내를 보내고 추억에 떠밀려 왔다는 남자는 깜빡 졸았는데 50년이 지났다고 한다 조명이 돌면 물결처럼 떠밀리며 사람들이 졸고 있다 무대 아래서 50년 동안 떠밀리며 졸고 있다

흔들리는 것 1

흔들리는 것은 나뭇잎이다 흔들리는 것은 입김이고 흔들리는 것은 관절이다 아내가 권유해서 만보기 약정을 휴대폰에 저장하고 걷는다 내가 걸으면 만보기가 흔들리고 휴대폰이 흔들리고 뱃살이 흔들린다 만보를 걸어야 배가 들어간다는 건강학 강의 때문에 휴대폰을 흔들어 댄다 지구를 흔든다 어쩌면 만보만큼 지구는 우주를 향해 뛰어가고 있을 것이다 만보를 걷기 위해 지구가 흔들리며 걸어가고 있다면 수성도 흔들리고 금성도 흔들리고 화성도 흔들리며 걸어가고 있을까 만보를 걸으면 하루에 300원이 적립된다 300원을 벌려고 계속 머리를 흔든다 나뭇잎처럼 입김처럼 지구처럼 흔든다 지구 건너편처럼 흔든다 만보를 걸으려면 운동장에도 가고 둘레 길에도 가고 시장에도 들러야 한다 만보를 걷고 돌아오면 집이 흔들리고 내가 흔들린다 내가 살아온 50년처럼 흔들림이 멈추지 않는다

시와 시인 1

아는 시인들이 통닭을 사 와서 먹었어요
밤엔 가려워서 몸이 뒤틀리고 잠을 설쳤어요
좋아하는 시인들과 통닭을 먹었는데 왜 가려울까요
그 시인들은 괜찮을까
그런 이유로 피부과에 갔고

피부과 진찰 결과가 나왔어요
표고버섯 설익은 것을 먹어서 그렇다고 합니다

나는 왜 통닭을 의심했을까
생각이 떠나질 않네요
요가를 하기로 해요
소나무 자세를 취해 볼까요

이렇게 소나무가 요가를 하고 있는 아침입니다
송진 냄새가 나나요?
다음은 어떤 자세가 좋을까요
상상만 해도 몸이 뒤틀려요

요가 자세 그대로 박제가 될까요
박제가 되면 몸이 가렵지 않을까요

시는 한 줄도 못 쓰고
소나무의 요가만 이해하는 밤입니다

상실

물을 마실 때는 물만 마신다 다른 생각은 접어놓는다
커피를 마실 때는 커피만 마신다 다른 생각을 덮고 커
피향만 올라온다 책을 읽으며 책에 집중하지 않으면
줄거리가 흩어진다 새가 날아간다는 것은 날개에 집중
한다는 것이다 다른 풍경을 보면 길을 잃는다 새는 내
려앉을 때 집중을 푼다 걸을 때 나는 신발에 집중한다
신발 안에 나를 두고 간다 그렇지 않으면 발자국이 흩
어진다 비의 집중은 직선이다 집중이 안 되는 날 노래
를 부르자 쉬운 노래를 부르자 나는 한 사람을 생각하
면서 노래를 부른다 한 사람을 생각하며 노래하면 한
사람을 쉽게 잊을 수 있다 집중하지 않으면 잊을 수 없
다 집중하지 않으면 상실할 수 없다 비는 집중해서 흘
러간다

꼬리

세면대에서 손을 씻으면 뒤에서 슬며시 꼬리가 나온다 세수를 하면 두 손의 운동방향에 따라 꼬리가 흔들리는 것을 느낀다 아내는 입꼬리를 삐죽거리며 그런 꼬리를 본 적이 없다고 한다 흔드는 것은 기분이 좋아서 하는 행동이라 믿었다 언제부터 꼬리가 생겼는지는 모르지만 엎드리기만 해도 꼬리가 살랑인다, 강아지처럼, 붓놀림일까 몸에 붓이 하나 있어서 나는 공중에 무엇을 쓴다 밤에는 별들도 꼬리를 흔든다, 나처럼, 꼬리가 축 처져 보이지는 않는다 아침이 되면 꼬리가 다시 나타난다 꼬리를 흔들면 소리가 크게 나기도 한다 달랑달랑 높은 굴뚝에서 꼬리가 나오기도 하고 마른하늘에서도 계속 흔들리고 있다 욕망일까 가벼워서 흔들리고 있다 상상 속에서 흔들리고 있다 별들도 꼬리로 서로 연결되어 있을까 지구는 꼬리를 감추고 있다 꼬리를 감춘 채 꼬리를 잡으려고 자전하며 등 뒤로 접근하는 중이다

문

밀면 열릴 것 같은 문이 완고하다 절박하다 시간이 없
는데 어떻게 해야 하나 '당기시오'라는 문을 한 남자
가 밀고 있다 두 번 밀고 계속 밀다가 얼굴은 붉어지
고 '미시오'라는 문을 한 여자가 당기고 있다 절박하
다 탁자 위에서 머그컵이 흔들린다 음료가 쏟아진다
컵이 탁자 밑으로 떨어진다 절박하다 한 번은 통과해
야 하는 시험을 나는 아직 통과하지 못했다 마라톤처
럼 완주해야만 인정해 주는 원칙에서 하프마라톤은
얼마나 친절한가 한 아이가 회전문을 돌아 밖으로 튕
겨 나온다 회전문은 계속해서 돈다 회전은 얼마나 지
속이 될까 문을 열 때마다 왼팔이 저리도록 아프다 오
른손은 아직 회전문 안에 있다 휴대폰 액정이 깜빡이
다 나갔다

나비들

어릴 때는 몰랐다

마을 입구에 벚꽃나무가 있었는데

눈을 감고 쏟아지는 꽃잎을 받아먹던 생각이 난다

뚝뚝 떨어지는 소리

나비의 날갯짓 같았다

나비는 날지 못하고

전단지처럼

담벼락에 붙어있었다

길바닥에는 죽어 가는 나비들이 흐느적거리고

담벼락에는 파업하는 사람들이 모여 담배를 피우고

있다

그들은 벚꽃 향기를 맡을 수 있을까

봄 한철 우리 주위를 맴돌지만

향기는 멀리 날아가지 못하고

나무 아래 떨어진다

몇 사람이 양지바른 쪽으로 옮긴다

봄날이 숨결처럼 지나간다

벚꽃이 날지 못하는 이유는
날개가 하얗게 타 버렸기 때문이다
죽은 나비이기 때문이다

겨울에는 나무들이

겨울에 나무들은 잎을 버리고
잎을 버린 나무들이 가지와 가지로
서로를 연결하고
그렇게 나무는 서로를 묶어 놓고
자물쇠로 잠근다
잎을 버리고
입에 마스크를 한다
그리고 열쇠를 버린다

봄에 열쇠는 다시 잎으로 돌아온다

그러나 사랑이 식으면
돌아오지 않을 수도 있다
변심하면 돌아오지 않을 수도 있다

여름에 잎은 다시 구름처럼 커지고
장마로 쏟아지고
반짝이는 열쇠가 되어

숲을 잠근다

여름에 사람들은 숲을
담장이라고 생각한다

밤바다

맑고 투명한 종소리처럼
유리가 깨지는 소리
거품처럼
양 떼들이 몰려오고
밤은 굶주린 짐승이 되어 거품을 품는데
까만 밤은 너무 무서워
밤을 펴서 바닷가 모래밭에 눕힌다
다가오지도 못하면서
눈을 부릅뜨고 달려와 멈춰 서는

그냥
맥주를 마시고 바닷가를 걸었다

바닷가는 연신 거품을 뱉어 내고
나는 기침을 뱉어 내며
뒤척였다 밤새

깨진 맥주병처럼

비와 지구

누군가 지구를 놓고 갔다
달이 외로울까 봐

지구를 둥글게 돌려놓고 갔다
밤이 오지 않을까 봐

지구에 비가 내리고
비는 동그란 물자국을 남기고
퐁, 퐁, 퐁
지구가 말을 하면
퐁, 퐁, 퐁
지구가 대답하고

비는 수직으로 내린다
혼자 서 있으면

나무들이 외로울까 봐
수직으로

지구에 아픔을 남겨 두고 갔다

내가 모를까 봐

장미

너에게 생선가시 목걸이를 걸어 주었지
물고기자리가 행운이래

기침을 할 때마다 피가 쏟아졌어
목에서 붉은 장미가 핀다
담장에서 태어나는 것들에 대해 생각할 때마다
담장에서
흰 장미가 죽는다

랭커스터와 요크가의 전쟁을 생각했어
몰려오는
피가 떠다니는
치열하게, 하얗게
몰락,
몰락하는 장미들

빨간 종이를 접으면 꽃이 피는데
흰 종이를 오리면 물고기 비늘이 떨어진다

어디까지가 너인가

걸으면 벌판이 주황색으로 핀다, 죽는다

시와 시인 2

시인과 달집태우기 행사를 보러 갔다

달집은 생솔가지로 덮여 있었다
달집 주인은 온종일 달집을 완성했을 것이다

달의 집이라면
해의 집도 있고
별의 집도 있겠지

어느 지방에서는 잡귀를 쫓고
어느 지방에서는 풍년을 기원하고
어느 지방에서는 여름 더위를 물리친다고

사람들이 집을 태울 때

잘 익은 달집에서
은박지에 든 고구마가 익고
잘 익은 달이 떠올랐다

사람들이 몰려들어 불타는 달집을 지켜보았다
뜨거운 불길에 얼굴을 비비며

빛이 일렁이는 얼굴들이 보름달 하나 보름달 둘
보름달 셋으로 바뀌고

시인이 달집 속으로 들어가고 있었다
떠오르는 시를 잡으려는 것처럼

흔들리는 것 2

상처에도 방향이 있다
전철에서 휴대폰을 보는 이유는 이것과 상관이 없지만
고개를 숙이고
휴대폰을 들여다보던 사람이
다리를 꼬고 앉아 비스듬히 나사를 조이고 있다
내릴 때가 되면 나사를 풀어야 한다
시계의 반대 방향으로
나사는 쉽게 풀리고
비스듬히 꼰 다리는 정오를 가리키고 있다
전철은 천천히 지하를 빠져나가고
몸이 흔들린다
몸과 함께
공간이 한 방향으로 흔들리고 있다
전철도 방향이 있다
전철에서 내린 사람들이 다른 방향으로 흩어지는 이유는
이것과 상관이 없지만
시야가 빠르게
전철을 보내고 있다

봄의 색깔

창을 열면 봄동 같은 햇살이 들어와요
노랗고 파랗고
아삭아삭한 봄동 같은 햇살
입 안에서 고소하군요

개나리는 노랗고
미나리는 파랗고
진달래는 연분홍인데요

눈 위에 눈이 쌓이던 겨울의 하얀색은
포장지래요
위장술이래요
포장지를 벗기면
검은 땅 맨 살로 드러나요

검은 물 아프가니스탄 아기 엄마의 유선乳腺처럼 흘러요
만일 봄의 색도 위장이라면

개나리 밑에

진달래 밑에

어떤 색이 숨어 있을까요

진짜 봄은

무슨 색일까요

환승

춘천역 대합실에는 벽에 붙어 있는 커피숍이 있다

벽에서 쏟아져 나온 영업사원들이 커피를 찾아 다시
벽으로 들어가면
헤이즐넛에서 종이 타는 냄새가 나고

누군가 우산을 털며 들어오면
모두 고개를 돌리는 커피숍에서
잠시 열렸다 닫힌 삶이
벽 하나를 통과할 때

카페가 다음 역으로 떠난다

벽은 열차의 속도로 멈춰 있고
비 오는 소리가 기차 소리처럼 들리는 곳

비에 젖은 사람이 뜨거운 커피를 마시거나
방금 도착한 열차에서 식은 사람들이 쏟아져 나오면

몇몇은 흔들리는 수기처럼 걸어가고
몇몇은 커피를 찾아

정차한 벽으로 환승한다

머신으로 내리고 버려지는 커피처럼
기차는 떠나고 돌아오고

두고 온 기억과 마주쳐야 할 슬픔을
멍든 얼굴처럼 벽에 두고 나올 수 있는

춘천역 대합실 커피숍

거리

창고 속에 종일 갇혀 있다 잡화처럼

낮에는 빛을 볼 수 없다 밤에만 얼굴을 드러내는 거미
처럼

발을 씻는다 깔깔한 밥을 먹는 것처럼

자주 보는 이웃과 자주 씻는 손가락
가끔 보는 친척과 가끔 씻는 발가락

물건과 물건 사이
사람과 사람 사이

어두운 곳에서 고행하는 사람들처럼

신경을 더 쓰는 서러움
신경을 덜 쓰는 불안

뜨겁게 버리는 것과 차갑게 감싸주는 것처럼

가까운 거리와 먼 거리처럼

벤치

벤치는 걸어오고 있다 멈춰 있다 창백한 얼굴로 앉아
있다
꽃잎처럼 덩굴처럼
한 때는 힘차게 뻗어 오르던 벤치였는데

이제는 큰 뼈만 남아 있다
디스크다

뼈를 눕히니 침대가 된다 가난한 침대가 된다 가난한
바람이 된다
바람이 등을 두들겨 준다 사람들이 점심을 먹으러 온다
한가로운 런치를 즐기며 먼 곳을 응시하며
나무들은 염치가 없어진다 해바라기들이 멀리 사라지고

어렸을 때, 주먹 한방에 눈 주위가 퍼렇게 멍들어서 고
개 숙이고 다니던 그때
공원의 벤치에 오래 누워 있곤 했다
왜 그랬을까 옛일이다
누워서 낮잠 자는 벤치 아래로 고양이가 살금살금 들
어가
벤치가 쏟아 놓은 꽃을 먹고 있다

냄새나는 꽃을
저녁놀이 먹어 치우고 있다

사과

사과를 반으로 자르면 벽이 생겨요
두 개의 벽을 다시 자르면 네 개의 방이 되죠

룸,

이라고 부르면 안 될까요?
요즘은 원룸이 대세인데요

아침에 창을 열면 원룸에서 달콤한 냄새가 나네요

원룸에서 꽃이 피고
원룸이 빨개지고 단단해지고
원룸이 저절로 익어 뚝 떨어지고

조리개로 물을 줍니다
비료를 주면 방이 커질까요?

원룸이 투룸 될까요?

사과를 마구마구 자르면
아프가니스탄 아이들을 위한 방이 쏟아질까요?

제3부
그늘이 자기 팔을 검게 칠하는 저녁

데칼코마니 1
—그늘

그림자는 왜 애인처럼 가까운지 누가 누구를 설득하는
중인지 어쩌면 그림자가 내 애인이었는지도 몰라 둘이
만나면 포옹부터 하지 서로 마주 보고 있으면 하나가
하나를 입고 있었다는 착각 그러니까 나와 그림자 둘
중에 하나는 겉옷인데 그것은 낮과 밤의 차이 따라다
니는 물체는 부피만 컸지 질량이 없어 그것을 정오에
그림자에게 배웠지 풍경을 지우느라 바쁜 그늘이 자기
팔을 검게 칠하는 저녁엔 몸의 기억도 가물가물 해 비
바람 치는 나무 아래 앉아 비에 쓸려 가는 내 손을 내
가 꼭 잡았지 팔씨름을 해도 승부가 안 났지만 둘 중
하나는 사라져야 하니까 옷을 벗어야 하니까 등가성원
리에 의해 비바람이 몰아칠 때는 설득력이 약하다는
것을 알았지 그런데 무엇을 설득하지? 흑백을? 경계
를? 데드라인을 쳐 놓고 금 밖에 나를 내놓지

데칼코마니2
—불면증

순서를 기다리지 않고

웃음을 터트리는 너는

잘못이 없다 순전히 체질 때문이다

알레르기처럼

차례로 재채기가 터진다

아플 때 눕지도 못하는 너는

잘못이 없다 순전히 계절 때문이다

무서운 밤에도 잠을 못 이루는 너는

불면증이 아니다 착각이다

벚나무가 일곱 개여서

착각도 일곱이다

이야기도 일곱이고

불면증도 일곱이다

벚꽃이 펑펑 팝콘 터트려서

팝콘도 일곱 통이다

데칼코마니3
—방

백사장에 내 그림자가 생기고 나서 어둠이 밀려왔다 어둠은 빛을 덮고 그림자를 덮어 버리고 백사장을 점령하고 있다 검은 손이 일어나라 손짓해도 일어날 마음이 없다 다시 보면 검은 손은 검은 새다 다시 보면 검은 새는 검은 파도다 철썩이는 소리 백사장을 밟는 소리들이 나를 부르는 것 같아 뒤돌아보면 사방이 모래다 모래만 출렁인다 모래가 시커멓게 타고 있다 타고 있는 모래에 그림자가 빠진다 모래의 방이다 눈을 감으면 방마다 커튼이 출렁이고 모래 발자국이 방을 걸어가고 있다 태양은 없다 방이 나를 덮쳐온다 갑자기 절벽 끝에 서 있다는 생각을 해 본다 모든 사물을 죽여 버리는 어둠이 친근하게 손을 내민다 차가운 절벽 밑에서

데칼코마니 4
—나비

크리넥스 안에 잠들어 있다
하얀 종이로 숨어 있다
차곡차곡
숨죽이고 있는지

나비의 집이 캄캄하다

나비들도
긴장하고 있을 것 같다
툭 건드리면 꿈틀거릴 뿐
날개를 감추고 있다

한 장을 꺼내면 한 장이 딸려 나온다
살아서 나비로 날아간다
나비가 필요할 때마다 한 장씩
꺼내서 날려 보낸다
어떤 나비는 날고
어떤 나비는 주저앉고

하늘에 날리면
금방 무거워져 축 늘어진다

꽃을 찾아가고 싶은데
꽃밭까지 날지 못한다

손에서 흐느적거리는 나비들

데칼코마니5

―국화

국화는 누군가의 얼굴 같다고

메밀전 부치고 순대를 썰며

좌판에 앉아 있는 사람들의 얼굴 같다고

그녀는 국화처럼 흰 치아를 드러내며 자주 말했다

좌판에는 막 부친 전병과

두 시간 전에 식은 전병이 누워 있었다

죽은 몸은 메밀전보다 빨리 식었다

영정 앞에서

손님들은 처음으로 흥정을 하지 않은 봉투를 꺼내고

문상객들은 문상을 하고 나면

회전문을 나서 퇴근하듯 흩어진다

그녀가 메밀에 넣어 부치던 국화가 영정 앞에 쌓이면
꽃잎이 떨어져 그녀의 발아래가 수북하다
죽어서야 자신의 좌판에
팔지 않을 꽃을 올려 놓은 그녀

벽시계 바늘이 어둠을 전지하고
화환과 화투판이 서로 섞일 때

운구차는 길을 나서고

마지막 좌판에서 똑같은 꽃들이 치워지고 있었다

데칼코마니6
—골목

서울 아현동 마루턱에는 삐뚜랑네라는 구멍가게가 있다 구부러진 철사처럼 길도 구부러지고 골목도 구부러지고 가게도 구부러져 있었다 사람들은 삐뚜랑네 구멍가게라고 했다 삐뚜랑네 구멍가게에는 과자도 삐뚤어지고 아이스크림도 삐뚤어지고 문도 삐뚤어졌지만 삐뚤어지지 않은 것이 하나 있었다 발랄하고 예쁜 첫사랑 소녀였다 나만 보면 쌀쌀맞게 대해 언제나 먼발치에서 보고만 있었다 보고 있는 내가 삐뚜름해졌다 어느 날 그 소녀가 나를 불러 눈깔사탕을 하나 주면서 이사 간다고 했다 똑바로 쳐다보지도 못 하고 잘 가라는 말도 못 하면서 언덕에 서서 트럭에 탄 그녀를 바라보았다 이삿짐 트럭은 삐뚤거리는 길을 따라 삐뚤삐뚤 시야에서 벗어났다 얼굴이 동그랗고 오뚝한 콧날의 첫사랑이었다 좋아한다고 말을 못 한 것이 후회가 되었다 더 삐뚤어졌어야 했는데 그날 나는 곧았다 삐뚜름한 동네에서 삐뚜름한 가게에서 삐뚜름한 언덕에서 곧게 서 있었다 삐뚜름했더라면 잘 가라고 좋아했다고 삐뚜름할 수 있었더라면

데칼코마니7
—지구

여행은 줄 서서 국경을 이동하는 것이다

장가계 원가계 단풍이 좋다고 하여 국경절을 택해 떠났다

착오였다

단풍은 보지도 못하고 마스크 쓴 얼굴만 가득했다

각종 단풍은 얼굴에 있었다

인파는 넘쳐나고

세계 모든 나라에서 온 세계의 모든 마스크로 북적이는,

착란

사람과 사람사이에서 국경이 밀렸다

밀지 말아요

뒤에서 밀어서 그래요

국경이 국경을 밀고 있다

국경과 국경이 충돌하고 있다

두 발자국 가서 쉬고 세 발자국 가서 쉬고

케이블카 타는데 2시간 발만 동동거리고

엘리베이터를 타도 각 나라의 뒷모습뿐이다

지구의 뒷모습을 보는 것 같았다

이런 여행은 처음이란 말이 웅성거렸다
절경과 비경은 기억에 없고
줄 서서 세 발짝 가다 멈춘 기억밖에 없다
여행은 뒷모습을 보는 일이라는 듯
지구 앞에 지구 앞에 지구

데칼코마니8
—아내

숟가락을 입에 넣다 나도 모르게 양치질을 한다 나도 그 칫솔 다오 늙으신 어머니 말씀하신다 닦는 칫솔이나 먹는 숟가락이나 손에 쥐면 마찬가지다 욕실의 뿌연 안개가 숟가락도 칫솔도 흐리게 한다 퇴근하는 저녁 3층 상가건물에 해가 걸린다 저녁이 마지막 해를 숟가락처럼 들고 있다 식당 테이블에 앉은 사람들은 숟가락부터 찾는다 집에 와서 아내에게 저녁밥을 부탁한다 아내가 숟가락으로 어둠을 한 숟갈 퍼 내 입에 처넣는다 나는 이불을 뒤집어쓴다 숟가락 생각이 떠나지 않는다 아! 내 숟가락이 어디 있지 잇몸이 근질근질하다 대걸레가 내 숟가락인가 대걸레가 칫솔인가 그나저나 대걸레로 양치질이라니 웃기는 얘긴데 양치질을 할 때마다 입이 커진다 꿈을 꾸면 입에서 숟가락이 쏟아져 나온다 어두운 밤에 칫솔을 물고 있다가 칫솔에 잇몸을 찔린 어머니가 숟가락을 달라고 잠자는 며느리의 머리채를 잡는다 이럴 때마다 숟가락으로 망치질을 하고 싶다, 고 생각하는 아내가 숟가락을 입에 넣다 저도 모르게 양치질을 한다

데칼코마니9
—칼과 꽃

꽃이 처음부터 이런 모양은 아니었을 거야
엄마의 치마처럼 펼쳐져 있었을 거야
술 먹은 아버지가 칼을 들고 달려들었을 때
놀란 엄마의 종아리가 오그라들고
꽃도 오그라들었을 거야
오그라진 꽃들은 바람만 불어도
날이 서고

식탁 위에 놓여 있는 꽃
여인의 손에 들린 칼인지도 몰라
토막토막 햇살 사이를 걷다
꽃이 되었는지 몰라
꽃은 칼끝에서 퍼지는 햇살을 보지 못하고
칼은 꽃의 뿌리를 자르고 싶어 할 거야

신중하게 피를 흘릴 준비를 할 거야

누워 있는
칼이, 뒤척일 때마다
곤두서는 꽃

언제부터 둘은 한 식탁에서 서로를 의심하게 되었을까

처음부터 그렇지는 않았을 거야
술을 먹은 아버지처럼 피를 본 날 있었을 거야

붉어서
꽃이 되고
칼이 되었을 거야

데칼코마니10
—자전거

자전거를 타고 가지요

다리를 벌려야 탈 수 있지요

밀착하면 한 몸이 되고요

조이면 조일수록 시간이 당겨져요

그림자도 폴폴거리며 따라가요

엉덩방아를 찧으면 찡그려져요

두려움을 감아요

두려움이 바퀴 밖으로 뛰쳐나가려고 해요

외로울 수밖에 없어요

자전거 바퀴가 안경알처럼 굴러가는 것을 본 적이 있
나요

안경을 타고 있다고 생각한 적이 있나요

자전거에게 길을 물은 적이 있나요

앞바퀴가 뒷바퀴를 따라 달리듯

자전거가 자전거를 따라 달리지요

그게 길이지요

휘파람 소리

안개꽃

자전거들이 자전거들을 밀며 달려요
힘이 들어도 뒤꿈치가 갈라져도
내색은 안 해요
식은땀도 흘리지 않아요
오직 두 발이 조이는 대로 이동해요
꽃 바퀴도 자전거 바퀴를 따라
그림자도 그림자를 따라
다른 세계로

데칼코마니11
―우산

별을 우산이라고 하자 비 오는 날 우산 없이 걷는 여러
사람의 얼굴이라고 하자 얼굴에 빗물 떨어지는 소리가
물병으로 두드리는 소리 같았다 저렇게 빛나는데 빗물
에 쓸려 더 빛나는데 나의 별을 자세히 보니 다섯 마리
의 양이 물에 발을 담그고 있다 푸른 수영장처럼 출렁
거리고 있었다 별들은 각자 동물을 키우고 있었다 코
끼리, 낙타, 뱀, 심지어 햄스터까지 기르고 있다 내가
지켜 줘야지 빗물에 젖은 얼굴들 비 오는 날 우산 없이
걷는 얼굴들을 햄스터라고 하자 하지만 눈을 뜨면 별
들은 여전히 흘러가고 있다 우산을 쓰고 얼굴을 감춘
채 걸어가고 있었다

데칼코마니12
—계단

방심한 사이 30분을 허비했다

급한 마음으로 전철역에 내리고 보니 모든 것이 낯설다

잘못 알고 내렸다

두리번거리는 사이 30계단을 허비했다

다음 전철을 기다려야 하는데

주위에 아무도 없다

덩그러니

혼자 앉아 시간을 죽이고 있다

시간을 죽이다 보면

죽은 시간과 산 시간이 함께 쌓이고

그렇게 집중하는 사이 30년의 밤을 허비했다

데칼코마니13
—거울

거울을 통해서 나를 본다, 자기가 생긴다, 내가 자기를
보지만 눈을 돌리면 자기가 없다, 내가 마주치고 싶었
던 자기, 넘어가야 할 자기, 사연도 많고 슬픔도 많고
우여곡절도 많은 자기, 자기가 자기 위주로 영화를 보
면서 케어해 줘야 할 자기, 나의 자기는 거울을 통해서
만 나를 본다, 나는 자기를 통해서 가끔 나를 본다, 내
추억을 먹고사는 것도 자기를 케어하는 일, 나는 자기
목소리를 통해서 내 목소리를 듣는다, 자기는 내 얼굴
을 모를 때가 있다, 조금이라도 불안하면 자기 발을 바
라본다, 자기 발이 사라지면 우울해진다, 어쩌란 말인
가, 아직도 찾는다.

데칼코마니14
—비

윈도우브러쉬가 바쁘던 날 아내의 스트레스도 윈도우
브러쉬처럼 급하게 기울었다 브러쉬가 움직이는 방향
으로 빗물이 밀리는 것처럼 사소한 짜증들이 한 곳으
로 밀렸다 왼쪽에서 오른쪽으로 또 왼쪽에서 오른쪽으
로 아침부터 아내는 잔소리가 많았고 어젯밤에 모기에
물린 상처는 부어올랐다 대화는 자주 중단이 되고 빗
소리를 들으며 숨을 고르고 있었다 가만히 맞는 비보
다 왜 유리창을 때리는 빗소리가 거센지 비는 쏟아지
다 말다, 자동차는 달리다 정체되다, 동일한 운동이 반
복되는 동안 가려운 데를 긁었다 가려운 다리에 물파
스를 발라도 여전히 가려웠다 물파스 냄새가 난다고
아내는 또 짜증을 냈다 비만 오지 않는다면 자동차에
서 내리고 싶었다 윈도우브러쉬는 더 빠르게 움직이고
비는 세차게 쏟아졌다 수직을 수평으로 바꾸고 싶었다
수직을 수평으로 바꾸면 세상은 고요해질까 시끄러운
말들을 누가 옆으로 치워 준다면

데칼코마니 15
―기린

내가 나에게 택배를 보내요 맑은 공기를 보내 주고 라
디오 음악을 배달해 주고 어디든 가려고 하면 전철역
에 내려놓기도 하고 커피 생각이 나면 벌써 카페에 와
있었어요 12시가 그리우면 12시가 와 있고 어떤 때는
하루 이틀을 기다려도 오지 않는 새벽이 와 있어요 내
가 나에게 새벽을 보내요 신선하니까요 보고 싶은 사
람이 그리워 눈을 감으면 나타나요 그런데 눈을 뜨면
간 곳이 없어요 오렌지를 보면 슬퍼져요 철 지난 솜옷
이나 파란 은행잎이 내게로 와서 슬퍼져요 불안하면
설레기도 하지요 떠나가고 싶어도 언제 도착할지 모를
내가 걱정이 돼요 할 수 없이 집에 앉아 기다려요 어느
날은 발송인을 알 수 없는 시커먼 구름이 내려와서 당
황했어요 나를 놀라게 하며 기린이 나타나 길을 묻기
도 하지요 동물원으로 나를 보내야 하겠어요

데칼코마니16
―침대

아버지 묵묵히 누워 계신다
딱딱한 침대에

문을 닫으면 침대가 멀어진다
마을버스처럼
들판을 건너는 염소처럼

아버지는 습관적으로 족보를 펼쳤다
젊을 때 족보를 간행본으로 만들어 놓으신
청해 이씨 18대손

어쩌면 아버지가
저 두터운 족보 위에 누워 계신 것 아닐까

가구점 똑같은 침대처럼
딱딱한 이름들
딱딱한 글자들
위에

아버지가 누워 계실까
생각하면

침대가 조금 헐렁해진다
소보로빵처럼

데칼코마니17
—해바라기

일본의 어느 여인은 해바라기 밭으로 사라진 사무라이
를 찾아 평생 헤맸다
중국의 한 남자는 차이나 도자기에 해바라기를 그려
넣으려고 여름에만 도자기를 구웠다
해바라기만 그린 고흐는 귀가 해바라기보다 아름다운
여인을 원했다
만나지 못해서 귀를 잘랐다
나는 이 얘기를 젊은 아나키스트에게 들었다
그 아나키스트는 해바라기 축제가 있는 날이면 해바라
기 가면을 쓰고 해바라기 밭이 있는 마을을 백 바퀴씩
돈다고 했다
질서가 사랑을 무너트린 적이 있다
사랑이 질서를 무너트린 적도 있다
누구나 그렇지만,
당신이 해바라기 밭을 다 무너트리고 있어
해바라기 밭을 돌며 그 사람이 내게 말했다

데칼코마니18
—저녁은 사각형이다

사각형 침대에서 일어나는 아침이다 사각형 방을 나와 사각형 욕실에 들렀다가 사각형 식탁에서 사각형 식빵을 먹고 사각 엘리베이터의 사각 거울을 보면서 왜 사각이 온통 나를 감싸고 있는지 눈치채지 못하는 출근길이다 보도블록이 몸으로 들어왔다 나가며 길이 되는 하루

사각형 휴대폰을 들고 사각형 버스를 타고 사각형 사무실에 들어오면 사각형 책상이 반겨 준다 사각형의 인터넷에 들어갔다 나온다 사각형 A4용지를 못 벗어난다 저녁이 오는 소리도 사각사각 들린다면? 비만 고양이 울음 같은 저녁이 사각 속에 갇혀 있지만 느끼지 못하는 밤이다

데칼코마니 19
—밤에 안성을 지나왔다

안성은 안으로 둘려 쌓인 성벽일 것 같고

안성은 추위에 강한 양 같기도 하고

강아지 같기도 하다 무엇을 생각하든

안성맞춤이라는 말

물이 파랗다 호수가 있다는 말

호수가 조용히 안성을 흔들어서 안성이 흔들린다

안성이 그리워진다 미워진다

미워하면서 서로를 껴안으려고 흔들린다

넘어진다 그래서 안성맞춤이다

안성에는 방짜유기들이 고요하게 누워 있다

유기들은 왜 고요한가 유기들은 유기되어 있다

유서 깊은 문학관에 간다 발자취를 펼쳐 본다 발자취

는 고요하다

필체가 꿈틀거린다 필체에 들어가 본다 안성맞춤이다

다시 만나자는 약속이 어둠을 가린다

안성은 물이 많은 도시다 물로 물을 씻고

유기로 유기를 씻고 강아지 울음이 들리는 밤에

아무도 나의 방문을 눈치채지 못하는 밤에

누군가 나를 훔쳐보고 있다

내가 안성을 훔쳐보는 밤이다

밤은 훔쳐보기에 안성맞춤이라는 말

데칼코마니20
—그늘

그늘이 바뀌면 체질이 바뀐다 이 말은 이상한가 첫 번째 그늘은 말을 못 했다 두 번째 그늘과 대화를 한다 오래 앉아 있는 습관을 길러야 한다 일어나지 않는 법을 어려서부터 배워야 한다 그늘에 앉아 연신 땀을 흘리고 있다 부동산 시세는 어떻게 돌아가는지 미세먼지는 아직도 세상의 가장 큰 우울인지 필요할 때만 찾는 애인처럼 그늘과 대화를 했다 말하면 이상하게 볼까 이상하게 보이지 않으려면 얼굴에 힘을 주어야 한다 근육이 움직인다 뼈마디가 소리를 낸다 대화는 비틀거리며 그늘 속으로 빨려들어 간다 체질이 바뀌면 그늘이 바뀐다 대화를 종료한다

해설

과수원 옆 동물원
—시를 즐기는 한 가지 독법—

여성민

언어는 공간을 만듭니다. 그래야 합니다. 단어와 단어
의 거리에서 발생하는 이 공간은 물리적인 공간은 아
닙니다. 풍경에 가깝다고 할까요. 공간을 감각의 대상
으로 놓으면 그것을 풍경이라 부르니까요. 하지만 공
간과 풍경을 나누어 얘기할 때 더 중요한 것은 시간성
이라고 생각합니다. 어느 정도 영속성을 갖는 공간에
비해 풍경은 시시각각 변하는 대상입니다. 즉 공간성
에 시간성이 얹힌 것을 풍경이라고 한다면 시를 읽는
일은 우리가 독서를 하는 동안 멈춰 있던 시공간도 함
께 흘러간다는 의미가 됩니다. 그러므로 시를 읽다가
'멈추는' 일은 움직이던 시의 거리를 다시 멈춰 세우는 일, 시 속의 공간들이 풍경으로 흘러가지 못하게 붙드는 일입니다. 정지하지 말고 걸어야 합니다. 산책을 생각해도 좋고 드라이브를 떠올려도 됩니다. 첫 문장은 다음과 같이 고쳐 말할 수도 있겠군요.

우리가 시를 읽는 이유는 언어로 발생하고 허물어지는 공간에 입장해서
그 공간과 함께 발생하고 허물어지기 위해서입니다.

이것이 시의 언어로 만든 공간이 '공간'이면서 공간보다는 '풍경'에 가깝다고 말한 이유입니다. 시의 공간은 건축되고 즉시 허물어집니다. 그래야 합니다. 시를 읽는 일은 시 속에서 걷는 일이니까요. 바라보는 순간 공간이 발생하지만 뒤로 물러난 풍경은 허물어지는 공간입니다. 그런데도 우리는 시를 읽다가 멈춥니다. 단어나 문장의 의미를 규정하려고 애씁니다. "여기서 이 단어가 왜 쓰였느냐" "이 단어의 의미가 무엇이냐?" 묻습니다. 그러나 시의 언어/단어는 고정되거나 보존되지 않습니다. 보편적으로 규정한 의미를 담보하지도 않습니다. 단어와 단어가 만나 발생하는 풍경(으로서의 공간)이니까요. 풍경은 걸어가는 중에도 바뀌니까요. 우리가 공간의 특징이라고 생각하는 것, 넓이와 깊이, 비어 있음과 채워져 있음, 의미의 부여와 소거 같은 것을 거부합니다. 의미의 잔상만을 얻을 수 있을 뿐입니다. 정확하게는 무엇이 '있다'는 기분만 감지할 뿐입니다. 그것도 뒤로 밀려납니다. 의미는 허물어지고, 발생하고, 다시 밀려납니다. 그러니까 시의 공간이란 발생한 순간에 부식하는 공간입니다. 언어로 짓기 때문입니다. 시의 언어는 의미를 보존하지 않습니다. 한 번 쓰이고 버려집니다. 고유한 성품보다는 기분에 가까워서 인상/풍경만을 남길 뿐입니다. 사건도 이미지도 마찬가지입니다. 독자가 그것을 지나자마자 다른 의미/기분으로 부식합니다. 공간은 전혀 다른 공간으로 허물어집니다. 그 모습 자체로 하나의 풍경입니다. 비유하자면 크리스토퍼 놀란 감독의 2010년 영화 「인셉션」에서 도시의 공간이 일순간에 일어서고 한순간에 와르르 허물어지는 모습의 놀라움과 비슷합니다.

애인은 왜 토마토라는 별로 갔을까

이희교의 첫 시집 『사과는 동물원에 떨어진다』가 건축한 공간들이 그렇습니다. 가령 시인이 '토마토'를 이야기하며 "모래처럼"이라고 말한 후에 다음 문장에서

"하얀 접시"를 가져오는 순간에 공간은 발생하고 허물어지고 다시 발생합니다. 토마토를 올려놓은 '하얀 접시'와 애인이 떠난 '사막'의 풍경이 섞이며 '사막 위의 애인'을 '접시 위의 토마토'로 바꿔 놓은 것입니다. 여기서 '사막'의 의미도 '접시'의 의미도 모두 빠르게 부식합니다. 사막은 집 밖을 가리키는 장소가 아니고, 많은 글의 주제가 되는 고난이나 고독을 의미하지도 않습니다. 접시를 해석의 소품, 미장센으로 읽으려는 미학도 거부합니다. 단지 두 공간 사이의 거리와 규모를 뛰어넘어, 사막이라는 공간과 접시라는 공간을 옆집처럼 가까운 풍경으로 붙여 놓을 뿐입니다.

토마토는 심장을 닮았지
어느 별에서 왔기에

온몸이
심장인지

뜨거움을 느껴
길게 걸어간

하얀 모래처럼

토마토는 여우의 꼬리를 달았지

토마토를 보면 설레지

옛 애인이 토마토를 닮았거든

수혈받고 싶어

토마토

애인은 사막으로 갔다

토마토라는 별로 갔다

자세히 보면

모래처럼

하얀 접시 위에

토마토

　　　　　　　　　　　　—「토마토」 전문

토마토의 피를 수혈받기 위해 애인은 왜 사막으로 갈
까요? 토마토 농장이나 과수원으로 가야 하지 않나요?
애인은 사막으로 갑니다. 환경론자일까요? 사막에 토
마토 농장을 건설하려는 사람일까요? 그랬다면 '수혈
하고 싶어/사막에'라고 말했을 것입니다. 애인은 "수

혈받고 싶어/토마토"라고 합니다. 우리는 지나오며 "토마토는 여우의 꼬리를 달았지"라는 문장을 읽었습니다. 그렇군요. 애인이 사막으로 간 이유는 여우의 꼬리를 단 토마토 때문이군요. 여우의 꼬리를 닮은 토마토 줄기를 따라 간 사막에서 끝없는 모래의 공간을 헤매고 있는 중입니다.

이미 말했듯, 분석하는 독자들은 여기서 산책을 멈출 것입니다. 시를 이해하기 위해 "모래"라는 단어, "사막"이라는 공간에 대해 우리가 알고 있는 의미들을 대입할 것입니다. 사적적인 의미, 사회 보편적인 정서 같은 것들이 이에 해당할 것이고요. 가령,

①고난. 사막에 대한 가장 고전적으로 고정된 의미니까요.
②부재. 소통의 부재나 존재의 소멸 같은 것.
③여행. 자아를 찾는 여행이라든지 이별의 상처를 달래기 위한 여행, 또는 사막 여행에서 얻을 수 있는 신비로움의 체험 등 많은 의미 부여가 가능하겠군요.

그러지 마세요. 멈추지 마세요.
지나가세요!

산책하며, 드라이브도 좋습니다. 바뀌는 공간들을 보세요. 시공간이 함께 흘러간다고 말씀드렸습니다. 감각의 대상이 되는 순간, 뒤로 밀려나는 순간, 공간은 풍경이 된다고요.

새로운 풍경이 나타나고 밀려나고 허물어지는 풍경을 즐기며 그냥 걸으세요.

"사막"이라는 공간을 지나면 "토마토라는 별"이 나타나고 이 또한 뒤로 밀려납니다. "자세히 보면/모래처럼" "하얀 접시 위에/토마토"와 만납니다.

이렇게 시 속에서 걷다 보면 계속 풍경이 바뀝니다. 토마토 밭에선 여우들이 뛰어다니고 사막에서는 줄기(꼬리)를 감추며 사라지는 토마토들이 있는 풍경으로요. 하얀 사막은 하얀 접시가 되는 풍경으로요. 하얀 접시가 모래의 사막으로 펼쳐지는 풍경은 얼마나 즐겁습니까.

어쩌면 시는 이렇게 '여우의 공간인 사막'을 '토마토가 있는 접시의 공간'으로 만드는 일일지도 모릅니다. '너무 다르고' '아주 먼' 두 세계를 하나의 세계로 데려다 놓는 일. 그것이 앞서 말한 '풍경'이고 그 풍경을 읽는 일이 〈시를 즐기는 한 가지 독법〉이라고 말하는 중입니다.

만약 여우의 공간인 사막을 동물원에 비유할 수 있다

면, 토마토가 있는 접시의 공간을 과수원이나 식물원에 비유할 수 있다면, 이희교의 첫 시집 『사과는 동물원에 떨어진다』를 읽는 한 가지 독법은 〈과수원 옆 동물원〉이나 〈동물원 옆 식물원〉의 풍경을 즐기며 걷는 일이라고요. 어쨌든 독자는 '애인'을 따라 산책을 계속하고 시인은 남아 '애인'을 그리워하네요.

이때 애인은 시인의 언어일까요. 시인이 이 모든 언어의 흐름, 그러니까 풍경의 흐름을 통제했는지는 알 수 없지만 상관없습니다. 중요한 것은 '시인이 무엇을 의도했느냐'가 아니라 '언어가 어디로 흘러가느냐'입니다. 시의 언어는 설계하는 언어가 아닙니다. 통제하고 조종하는 권력자의 언어가 아닙니다. 시의 언어는 흐르고 기우는 언어입니다! 흐름이 생기면 좇아가는 민중의 언어입니다. 물론 여기서 민중이란 통치의 권력이 없는 자연인을 의미합니다. 시의 언어는 연기와 같아서 그리운 쪽으로 흘러갑니다. 그쪽으로 기울고 그쪽으로 바람이 부니까요. 감각은 바람과 같고 언어는 연기와 같습니다. 시인은 언어가 연기로 빠져나가는 틈을 막으려 하거나 그 흐름을 바꾸려 하는 자가 아니라 그냥 바라보는 자여야 합니다. 오히려 의미가 특정한 공간에 갇히고 고정되려는 경향에 저항하는 존재로, 공간을 허물어 풍경을 흔들고 싶다는 어렴풋한 열

망을 반복해서 느끼는 존재로 남아야 합니다. 결국 우리가 시에서 읽어야 할 것은 '건축되는' 의미가 아니라 '허물어지는' 의미입니다. 생겨나는 공간이 아니라 밀려나고 부서진 공간, 더 나아가 그런 공간들이 만나고 멀어지며 변하는 풍경입니다. 이희교의 시에서 여우의 공간인 사막은 어느새 토마토가 있는 접시의 공간이 됩니다. 접시 위 토마토를 어느 가정에나 있는 예쁜 소품으로 생각하며 애인과의 관계를 추론해서는 안 됩니다. 토마토를 먹는 사람을 상상할 필요도 없습니다. 접시 위의 토마토도 사라질 것입니다. 어쩌면 토마토를 먹는/수혈한 접시가 붉게 변하는 풍경을 따라가는 것이 이 시의 남은 산책일지도 모릅니다.

사과는 왜 동물원에 떨어지는 꿈을 꿀까

이희교의 시는 거침없이 내달립니다. 사막을 떠나 물속으로 들어가기도 합니다. 물고기처럼 자유롭게 헤엄치며 계속해서 공간/풍경을 따라 이동합니다.

(…) 버스 안에서 사람들이 시낭송을 한다 시낭송 하는
사람들 입에서 물고기가 나온다 시를 읽는데 왜 물고기

118

가 나올까 천장에서 물고기가 쏟아진다 (…) 버스는 물
로 가득하다 내 얼굴에도 물이 흐른다 신발이 흥건하다
물이 이렇게 많은데 목이 마르다 목이 말라서 입을 벌리
면 물고기가 나오고 천둥이 나오고 읽다만 시가 나오고
눈을 뜨면 사람들이 찐 감자를 나눠 먹고 있다 버스는
문학관으로 달린다 버스는 바닷속으로 들어가고 있다

—「시와 물고기 2」 부분

공간은 생기고, 허물어지고, 공간이 다른 공간 속으로
들어가며 풍경은 바뀝니다. 이동합니다. 첫 번째 공간
은 버스입니다. 이 공간의 특징은 다른 공간으로 이동
하기 위한 공간이라는 점입니다. 결국 버스라는 공간
도 바다라는 공간 속으로 이동해 버립니다. 버스는 이
동하는 공간이라고 말했습니다만 바다라는 공간이야
말로 끝없이 이동하는 공간입니다. 해류를 따라 물과
물고기도 이동합니다. 그러니까 이 시는 '임시로' 이동
하는 '작은' 공간(버스)이 '끝없이' 이동하는 '큰' 공간
(바다) 속으로 들어가는 구조인 것입니다. 그런데 더
자세히 보면 바다로 들어가기 전 버스 안에 바다가 들
어옵니다. 이동하는 작은 공간이 이동하는 큰 공간을
미리 품는 풍경을 만드는 것입니다. 여기에 시를 읽는
즐거움이 있습니다. 시의 언어는 이토록 자유롭게 흐

르고 그 언어가 만든 공간을 산책하는 독자도 끝없이 발생하고 끝없이 몰락합니다. 그런 몰락이 서로 만나고 이별하다 또 몰락하는 풍경 속을 유영하게 되는 것입니다. 바다를 품은 버스가 바다로 들어가는 이 이상하고 아름다운 풍경을 시가 아니면 어디서 볼 수 있을까요? 시를 읽는 독자가 아니라면 어디서 이런 풍경 속을 유유히 걸어볼 수 있을까요? 그러므로 여기서 "버스에 물이 가득하다는 것은 무슨 시사적 의미를 갖나요?" "천장에서 쏟아진 물고기는 무엇을 상징하나요?" "왜 버스는 바다로 들어가나요?" 같은 질문은 어쩌면 산책의 즐거움을 망치는 질문일지 모릅니다. 물론 그런 질문들에 대한 답을 얻기 위해 「시와 물고기 1」이라는 시를 뒤적일 수도 있겠지만 중요한 것은 답을 얻는 것이 아니라 즐기는 일입니다. 풍경을 즐기며 답도 얻을 방법은 없냐고요? 좋습니다! 그러면 다른 시 속으로 함께 들어가죠.

（…） 우산을 폈다 공간이 생겼다 취미가 생겼다 낯선 리듬과 성립 나는 공간의 편집자다 공간을 접고 공간을 풀어서 만든다 공원의 나무 밑을 걷는다 걷기는 공간의 재발견이다 삶이 지루하면 공간도 지루하다 반대도 성립한다 공간이 지루하면 삶이 지루하다 계속 우산을

편다, 버스 뒷좌석이 생긴다 풍경이 지나간다 (…)

잔디밭에 돗자리를 깔면 공간은 권력이다 이제 나는 공
간을 소유한다 누구든, 어디든, 가려면 내 공간을 통과
해야 한다 내 공간을 우회해야 한다 공간은 위압감이다
공간이 바뀌면 권력이 바뀐다 공간을 바꾸기 위해, 우산
을 폈다

— 「공간 심리학」 부분

시인은 말합니다. "잔디밭에 돗자리를 깔면 공간은 권
력"이 된다고. 기억하나요? 산책을 멈추면 풍경도 멈
춥니다. 멈춘 풍경은 그냥 공간일 뿐입니다. 무너지거
나. 물러나거나. 다른 공간과 섞이며 새로운 풍경을 만
들 수 없다는 의미에서 그렇습니다. 멈춘 공간에는 고
정된 의미를 부여하고 싶은 욕망이 생깁니다. 점유된
공간이 원래 그렇습니다. 권력을 부여받죠/부리죠. 이
것은 집. 여기는 주방. 저곳은 침실. 그런 식이죠. 버스
는 버스고 바다는 계속 바다죠. 버스 안에 바다가 들어
오는 풍경은 불가능하고 바다를 품은 버스가 바다로
들어가는 이동은 부조리합니다. 단어의 의미를 고정하
는 것. 그리하여 고정된 경로로 시를 읽고 시에 대하여

"여기에 왜 이런 단어가 있지?"라고 질문하는 것. 그것이 권력입니다. 잔디밭에 돗자리를 까는 것입니다. 산책을 멈춘 독자에 의해 의미가 고정된 단어는 권세를 부리며 말할 것입니다. "이제 나는 공간을 소유한다 누구든, 어디든, 가려면 내 공간을 통과해야 한다 내 공간을 우회해야 한다". 그러지 않으려면 계속 우산을 펴고 접어서 새로운 공간을 만들어야 합니다. 마술사처럼 모자 속 공간에서 새 풍경이 출현하게 해야 합니다. 시인인 "나는 공간의 편집자"이니까요.

그런데 그림자도 공간일까요?

물리학자에게 물으면 어떻게 답을 할지 궁금하군요. 시인에게는 어떨까요?

「해부학」이라는 시에서 시인은 그림자에 메스를 댑니다. 자르기만 하는 것이 아니고 해부를 합니다. 그렇다면 이희교 시인에게 그림자/그늘은 공간이 맞는군요.

  (…) 메스를 대면

  그림자는 점점 멀어진다

  해부하면 장미가 슬픈 표정을 짓고 있다 그 속은

  거미줄로 연결된 통로다

  실 같은 빛이 꼬리를 물고 있다

  햇살에 토막 났던 그림자가 다시 형체를 드러낸다

공간이 맥없이 사라진다

심장을 도려내도 그림자는 살아난다

컴컴한 내부에 캄캄한 기억을 간직하고 있다

밟으면 기억이 되살아난다

발바닥 밑에 더 긴 그림자를 숨기고 있다

걸으며 모종처럼 심는다

—「해부학」 부분

해부한 그림자 속에는 장미가 있고 "그 속은/거미줄로 연결된 통로"입니다. 흔한 공간이지요. 더구나 앞의 공간을 해부하면 새로운 공간이 나타나고 그 공간마저 해부하면 또 새로운 공간입니다. 즉 그림자는 러시아 전통 인형 마트로시카처럼 풍경이 겹쳐있는 공간입니다. 그런데도 화자는 더 많은 풍경을 보기 위해 "발바닥 밑에 더 긴 그림자를 숨기고" "걸으며 모종처럼 심"습니다. 그렇게 "걸으면 벌판이 주황색으로 핀다"고 말하기도 합니다(「장미」). 그림자와 장미와 물고기의 공간들이 해부되고 섞이고 무너지며 계속해서 새로운 공간, 주황색 공간이 나오는 것입니다. 그 거리를 벌판을 그림자 속을 걸으며 독자는 아름다워지겠죠. 그래야 합니다. 우리는 시의 언어를 따라 시 속을 걷고 있고 시는 주황색 벌판을 걸으며 주황색으로 "피고, 죽는"

일이니까요. 하지만 그렇게 걷다가 우리는 한 번쯤 생각하게 됩니다. 산책의 좋은 점이 산책자를 사유로 이끈다는 점이고요. 우리는 묻습니다.

①이 산책의 끝에는 무엇이 있을까.
②이 풍경들은 어디서 시작하고 어디에서 끝나는가.
③왜 시는/시인은 새로운 풍경들 속으로 우리를 끌고 다니는가.

시는/시인은 대답하지 않네요. 언제나 그렇죠. 또 다른 공간 속으로 독자를 이끌어 갈 뿐입니다. 걷다가 "다른 풍경을 보면 길을 잃"기도 하면서(「상실」), "고개를 숙이고/휴대폰을 들여다보던 사람이/다리를 꼬고 앉아 비스듬히 나사를 조이고 있"는 전철을 타기도 하고(「흔들리는 것 2」), "벽에서 쏟아져 나온 영업사원들이 커피를 찾아 다시 벽으로 들어가면/헤이즐넛에서 종이 타는 냄새가 나"는 카페에 잠시 앉았다가 환승하여 "카페가 다음 역으로 떠"나는 열차에 오르기도 하고(「환승」), 밤에 "물로 물을 씻고/유기로 유기를 씻고 강아지 울음이 들리는 밤에/아무도 나의 방문을 눈치 채지 못하는 밤에/누군가 나를 훔쳐보고 있"는 안성을 지나기도 하면서(「데칼코마니19—밤에 안성을 지나왔다」)

"가까운 거리와 먼 거리처럼"(「거리」) 우리는 새로운 공간에서 공간으로, 밀려나는 풍경에서 풍경으로 산책을 계속합니다. 그리고 어느덧 과수원 앞에 서 있습니다. 그런데 풍경이 이상하네요. 과수원인지 동물원인지 알 수 없네요. 풍경이 계속 흔들리거든요. 누가 "지구를 흔든" 것처럼 "집이 흔들리고 내가 흔들"리고(「흔들리는 것 1」) 시집 속의 모든 풍경이 흔들립니다. 흔들리며 부딪칩니다.

과수원을 걸으면 가지가 어깨에 닿는다 어깨와 어깨가 부딪쳐서 얼굴이 붉어졌을까 사과와 사과가 부딪치면 무슨 빛이 될까 그 빛을 따라가면 과수원에 도착한다 과수원에서 사과들이 부딪치고 있다 어떤 중력이 사과를 끌어당길까 상자 안의 사과는 누구에게 길들여졌을까 사과일까 과수원의 주인일까 홍조 띤 얼굴은 누구를 향한 당신의 질투일까 모두의 사과일까 왜 칼을 보면 사과를 깎으려고 할까 토마토와 사과는 얼마나 가까운지 장미와 사과가 만나면 붉은 저녁이 생겼다 사과 옆에 종이컵은 왜 하얗게 보입니까 누가 죽도록 미워서 사과는 사과나무에서 멀어집니까 몹시도 그리워서 사과는 또 떨어집니까 한 때는 사과도 매달리는 힘으로 살았겠지만 지금은 낙하하는 힘으로 사는 계절 붉은 사과는 붉은 사

습처럼 외출을 하고 싶을까 사과는 동물원에 떨어지는
꿈을 꾸고 낙하산을 펴는 꿈을 꾸고 이것이 파란 하늘일
까 감정일까

—「사과의 감정」 전문

과수원은 사과를 위한 공간입니다. 사과는 과수원에
떨어집니다. 그 사과가 흔들립니다. 사과끼리 부딪칩
니다. 그런데 정말 이상합니다. 사과는 과수원이 아닌
동물원에 떨어지기를 꿈꿉니다. 어쩌면 이 사과들은
시인의 언어들일까요? "사과도 매달리는 힘으로 살았
겠지만 지금은 낙하하는 힘으로 사는 계절"이 된 것처
럼 시인의 언어도 한때는 "매달리는 힘으로" 살았지만
이제는 "낙하하는 힘으로" 살아야 한다고 선언하는 것
일까요. 그런데 왜 과수원이 아닌 동물원일까요. 사과
는 과수원에 떨어져야 마땅한데 말입니다. 동물원 옆
에 과수원이 있기라도 한 걸까요. 그래서 흔들리고 부
딪히다 과수원 아닌 동물원으로 '우연히' 떨어진 걸까
요. 하지만 "사과는 동물원에 떨어지는 꿈을 꾸고" 있습
니다. 동물원은 '우연히' 낙하하게 된 공간이 아닙니다.
사과가 꿈꾸는/목표하는 공간입니다. 과수원이라는 공
간과 동물원이라는 공간이 한 장소에 동시에 존재하기
를 바라는 것. 사과는 여러 풍경을 언어로 갖는 존재/시

인입니다. 시를 읽는 일이란 과수원에서 동물원으로, 동물원에서 과수원으로의 낙하를 즐기는 일이고요.

그늘은 왜 자기 팔을 검게 칠할까 : 과수원 옆 동물원

그리고 이희교 시인의 첫 시집은 그 낙하의 즐거움을 충분히 제공합니다. 꽃 바퀴가 자전거 바퀴를 따라 달리며 "다른 세계로" 이동하는 풍경과(「데칼코마니10—자전거」), 해변 백사장의 그림자가 타들어가며 방이 생겨나는 광경만으로도 충분히 그렇습니다.

> 백사장에 내 그림자가 생기고 나서 어둠이 밀려왔다 (…) 모래가 시커멓게 타고 있다 타고 있는 모래에 그림자가 빠진다 모래의 방이다 눈을 감으면 방마다 커튼이 출렁이고 모래 발자국이 방을 걸어가고 있다 (…)
> —「데칼코마니3—방」부분

왜 "모래가 시커멓게 타고" 있을까요? 무서운 풍경을 그리려고 했나요? 백사장을 덮은 나의 그림자 때문입니다. 그림자는 백사장을 검게 만듭니다. 새와 파도조차 검게 만듭니다. 그렇게 다시 보면 그림자는 모래가 시커멓게 타고 있는 광경입니다. 그런데 그림자는 내 그림자였으므로 내가 시커멓게 타고 있는 것과 같습니다. "모래에 그림자가 빠"지는 이유입니다. 모래 위를 걸으며 내(그림자)가 자꾸 모래에 빠지니까요. 그러자 순식간에 풍경이 바뀝니다. 백사장에서 방으로 이동합니다. 내(그림자)가 빠져나가지 못하고 갇혀 있는 공간. 이제 "모래 발자국이 방을 걸어가고" 있습니다. 우리는 시의 화자를 외로운 사람으로 이해할 수도 있습니다. 절벽 위에 선 사람, 삶의 끝에 다다른 사람으로 이해할 수도 있고 불타는 시인의 마음으로 해석할 수도 있습니다. 그러나 중요한 것은 분석이 아닙니다. 산책하는 것입니다. 시를 분석하면 풍경도 멈춥니다. 백사장은 백사장일 뿐, 그 모래가 시커멓게 타고 있는 풍경도, 백사장이 방으로, 다시 절벽으로 이동하는 고독한 풍경도 즐길 수가 없습니다. 시가 아니라면 어디에서 택배 상자에 담아 "동물원으로 나를 보내"는 고독한 풍경을(「데칼코마니15—기린」), 사무라이가 사라진 해바라기 밭이 도자기 속으로 들어가는 아름답고도 쓸쓸한 풍경을 볼 수 있을까요.

일본의 어느 여인은 해바라기 밭으로 사라진 사무라이를 찾아 평생 헤맸다

중국의 한 남자는 차이나 도자기에 해바라기를 그려 넣
으려고 여름에만 도자기를 구웠다 (…)
—「데칼코마니17—해바라기」부분

이렇게 시의 언어는 풍경을 만들고 그 풍경을 지우며
갑니다. 그것은 마치 언어가 자기 몸에 하나의 기억/의
식을 만들고 그 기억/의식을 지우며 가는 일과 같습니
다. 밀려난 의식은 새로운 의식과 섞이며 규명할 수 없
는 의식, 규정할 수 없는 몸이 됩니다. 내 자아가 다른
자아와 구별되는 경계는 아마도 자의식일 것입니다.
규명이 불가능한 의식이라면 심지어 이 몸의 자의식과
저 몸의 자의식이 섞인다면 그것은 아주 이상한 자아,
전혀 다른 존재로서의 몸을 의미하게 됩니다. 그런데
시인이야말로 그런 존재가 아닌가요? 이희교는 "풍경
을 지우느라 바쁜 그늘이 자기 팔을 검게 칠하는 저녁
엔 몸의 기억도 가물가물"하다고 말합니다.

그림자는 왜 애인처럼 가까운지 누가 누구를 설득하는
중인지 어쩌면 그림자가 내 애인이었는지도 몰라 둘이
만나면 포옹부터 하지 서로 마주 보고 있으면 하나가 하
나를 입고 있었다는 착각 그러니까 나와 그림자 둘 중에
하나는 겉옷인데 그것은 낮과 밤의 차이 따라다니는 물

체는 부피만 컸지 질량이 없어 그것을 정오에 그림자에 게 배웠지 풍경을 지우느라 바쁜 그늘이 자기 팔을 검게 칠하는 저녁엔 몸의 기억도 가물가물해 비바람 치는 나무 아래 앉아 비에 쓸려 가는 내 손을 내가 꼭 잡았지 팔씨름을 해도 승부가 안 났지만 둘 중 하나는 사라져야 하니까 옷을 벗어야 하니까 등가성원리에 의해 비바람이 몰아칠 때는 설득력이 약하다는 것을 알았지 그런데 무엇을 설득하지? 흑백을? 경계를? 데드라인을 쳐 놓고 금 밖에 나를 내놓지

— 「데칼코마니1—그늘」 전문

이 시를 '시인'에 대한 시로 이해한다면 시인은 결국 자기 팔을 검게 칠하는 존재인지도 모릅니다. 자신의 기억, 자신의 풍경까지 계속해서 바꾸는 존재. 팔 하나는 회전문 안에 두고 다른 팔은 문 밖에 놓는 존재. 이희교는 거울을 통해 '나'와 '자기'를 구별하기까지 합니다. 몸의 일부를 다른 공간 속에 두거나 자신의 일부를 더 검게 칠해서 다른 풍경으로 만듭니다. 그렇게 나뉜 자신과 대화를 시도하고 다른 공간으로 들어간 자신을 설득하려고 합니다. 여기서 '검게 칠한 팔'은 나의 '다른 팔'이 아니라 전혀 '다른 공간'입니다. 한 몸이 많은 공간에 있는 것이 아니라 한 몸에 많은 공간이

있습니다. 그 공간을 새로 꾸미니까요("검게 칠하는"). 단어의 거리에서 공간이 발생한다는 말을 기억하시나요? 단어와 단어 사이의 빈 곳에서 말의 공간은 발생합니다, 말이 몸의 일부라고 본다면 어떤 의미에서 시인은 자신의 몸/언어를 공간과 공간으로 이해하는 사람입니다. 과수원 옆 동물원("사과는 동물원에 떨어지는 꿈을 꾸고")인 사람, 즉 시인은 자신을 끝없는 풍경으로 이해합니다. "아직 회전문 안에 있"는 손도, 거울을 통해 만든 '나'와 '자기'의 구별도 그렇습니다. 시인은 자신의 몸을 많은 몸으로 이해하는 사람입니다. 한 몸에 많은 풍경이 있거든요. '거울'이나 '그림자'라는 데칼코마니는 시인의 몸 안에 존재하는 공간들을 둘로 나누어 보여 주려는 장치일 테고요.

(…) 한 아이가 회전문을 돌아 밖으로 튕겨 나온다 회전문은 계속해서 돈다 회전은 얼마나 지속이 될까 문을 열 때마다 왼팔이 저리도록 아프다 오른손은 아직 회전문 안에 있다 (…)

—「문」부분

거울을 통해서 나를 본다, 자기가 생긴다 (…)

—「데칼코마니13—거울」부분

그늘이 바뀌면 체질이 바뀐다 이 말은 이상한가 첫 번째
그늘은 말을 못 했다 두 번째 그늘과 대화를 한다 (…)
체질이 바뀌면 그늘이 바뀐다 대화를 종료한다
　　　　　　　　　　　　　—「데칼코마니20—그늘」 부분

그런데 이 시집에는 유독 그림자/그늘이 많군요. 시집
의 3부는 그늘로 시작해 그늘로 끝나는 구성입니다.
그것은 데칼코마니처럼 같은 풍경이면서 동시에 잘못
된 데칼코마니처럼 다른 풍경이기도 합니다. "그늘이
바뀌면 체질이 바뀐다"는 문장 속에 답이 있을까요. 시
인의 데칼코마니인 그림자에게 대화를 시도하는 것일
까요. 사람이라는 공간을 늘리는 것이 그림자라면, 그
림자극을 통해 끝없이 풍경을 바꾸고 싶다고, 그래야
한다고 시인이 시인 자신을 설득하는지도 모르겠습니
다. "대화를 종료한다"는 선언과 달리 시인은 다시 발
바닥으로 그림자라는 모종을 심고, 그림자가 세상 모
든 공간을 덮는 꿈을 꾸고 있을 것 같습니다. 과수원
옆에 동물원을, 동물원 옆에 사무라이가 사라진 해바
라기 밭을 만들며. 시인은 공간의 편집자니까요.
이쯤에서 시집 전체의 구조도 살펴봐야 하겠습니다.
시집 전체가 하나의 공간입니다. 3부처럼 1부는 토마

토로 시작해 토마토로 끝나는 구조군요. 2부는 사과로 시작해 사과로 끝납니다. 시집 전체가 정교한 공간이고 끝없는 풍경입니다. 공간과 공간의 거리가 가까워지며 밀려나고 허물어지는 풍경. 우리는 그 속을 산책하고요. 그늘이 바뀌면 체질이 바뀌는 공간을.

이렇게 풍경은 끝없고 시를 읽는 일은 즐겁습니다. 산책자는 풍경으로 물듭니다. 그래야 합니다! 이희교 시인의 첫 시집을 축하하며 두 번째 시집을 기다리는 이유입니다. ■